全彩漫畫版

青鳥

L'Oiseau Bleu

原著☆莫里斯・梅特林克

Maurice Maeterlinck

原創漫畫☆秦儀

1911年諾貝爾文學獎作品

世界十大著名童話

感謝各界好評推薦

「悅讀名著漫畫版」風格清新不俗，畫風、顏色及設計典雅，內容寓意深遠，想象力豐富。精緻的漫畫與經典名著的融合，必能激發孩子閱讀興趣，溫暖、啟迪孩子良善與純真的心靈，培養孩子好性格以及正確的價值觀，值得細讀品味，一讀再讀。

實踐大學創新與創業管理研究所暨家庭教育與兒童發展研究所教授．中華創造學會理事長 陳龍安

對小小孩來說，圖像是最親切的吸收管道。透過漫畫接觸偉大經典，是讓小小孩們熟悉好故事的絕佳途徑。期望我的孩子們也在這些精采故事與豐富圖像的氛圍下長大，具備想象力與說故事的能力。

TVBS《一步一腳印，發現新台灣》製作主持人 詹怡宜

孩子們小時候所受到的文化衝擊，對他們一生都有重大的影響，小時候就看過經典名著的孩子，當然會比較有思想。只可惜因為某些名著的篇章過多，使得沒有閱讀習慣的現代兒童往往缺乏興趣接觸。「悅讀名著漫畫版」的出版，給孩子開了一扇通往真、善、美的窗扉。

暨南大學教授 李家同

中華青少兒童寫作教育協會理事長 楊佳蓉

當名著遇見漫畫，名著的光芒再度被點亮。名著裡的人物現出身影，名著裡的事物有了鮮明的畫面，名著裡的經典對白迴盪其間……，視覺的美感輔助了閱讀，小讀者輕鬆、愉快地閱讀了它，在小小的年齡就能接觸到名著，感受文學的趣味。

國立台東大學兒童讀物研究中心研究人員 嚴淑女

經典名著是文學上的藝術精華，圖像閱讀是現代兒童接觸文學的趨勢。以漫畫方式將書中重要概念或對話圖像化，可引領孩子輕鬆進入文學世界，建立自我閱讀的自信，未來更樂于親近原著，讓文學的影響力深植其心靈深處。

國立台灣師範大學人類發展與家庭學系副教授 鍾志從

現在的孩子接觸電腦、電視的機會增多了，長期接受聲光的刺激使得他們閱讀書本文字的興趣降低。福地出版社真有智慧，精心推出了名著漫畫，提供學子們「悅」讀，實在令人感佩！尤其是把哲理融入漫畫中，孩子不去思考、不喜歡它，也還真難呢！

故事屋負責人 張大光

如果一本感動人心的世界名著能讓小朋友願意自動親近，那會有多好；如果一本發人深省的文學作品能用漫畫形式讓孩子學會慢慢思考，那會有多棒。我想這套「悅讀名著漫畫版」做到了，建議您可以大方地讓孩子看，把這套書當成一個個淺淺的樓梯，讓孩子慢慢登上閱讀世界經典作品的殿堂。

資深閱讀推廣人 **蔡淑媖**

漫畫不同于繪本及文字書的文學創作形式，能提供小讀者更多元的閱讀享受。「悅讀名著漫畫版」讓孩子多了一種形式接觸世界名著，「好的漫畫」加上「好的作品」，真是高級的閱讀享受！

中華民國兒童文學學會理事．台北縣板橋國民小學教師 **江福祐**

許多的世界文學名著字數都不少，對于期待接觸美麗文學世界的兒童而言，往往還沒開始接觸就已經結束，錯失了閱讀文學經典的機會。「悅讀名著漫畫版」系列以兒童最喜歡的漫畫方式，詮釋世界著名的文學經典，打開兒童接觸文學世界的大門，讓他們輕鬆、快樂地享受了閱讀文學的樂趣。

台北市興雅國民小學附設幼稚園教師 **趙恕平**

知性的童年、豐富的人生！閱讀是一生的學問。若我們讓孩子從小培養良好的閱讀習慣，就是給了孩子一個終生受用、最有價值的禮物。「悅讀名著漫畫版」系列，以淺顯易懂的文字與豐富圖像的漫畫形式，為孩子開啟閱讀世界名著的一扇窗，幫助孩子在充滿樂趣的閱讀歷程中，喜歡閱讀，享受閱讀，學會閱讀。

目錄

第一章　樵夫的草屋　6
第二章　記憶國與夜之國　37
第三章　未來國與墓地驚魂　75
第四章　危機四伏——森林決戰　109
第五章　歸程　131

第一章 樵夫的草屋
哥哥你看！對面有錢人的孩子正在過聖誕節耶！

是啊！
桌上有好多餅乾跟蛋糕喔～
那些孩子穿得好漂亮喔～～

他們還在開心的跳舞呢！
哇！他們開始吃點心了，好好吃喔！
砰砰砰砰砰
啊！
糟糕！我們吵醒爸爸、媽媽了？

砰
老婆婆，你……你是誰？
不要叫我老婆婆！我是仙女！
仙女？

沒錯～～你們覺得我長得怎麼樣啊？
有⋯有點可怕⋯⋯
噓——，米迪兒
這樣說老婆婆會傷心的。
你說，怎樣啊？
呃⋯你像⋯⋯
對了！
你很像隔壁的伯林格太太喔！

那是誰？
伯林格太太是糖果店的老闆啊～～
她的女兒生了奇怪的病，整天躺在床上，還老是想要泰爾的鴿子～～
不行！不行！那是我心愛的鴿子，絕對不可以給別人的！
知道啦！大家都知道～～
哼！
什麼伯林格太太？我是蓓麗琳仙女！
是……

對啦，你們這裡有青色的鳥嗎？
沒呀～～
只有泰爾的鴿子……
嗯…這隻鳥是青色的沒錯，但還不夠青。這不是我要找的青鳥！
婆…蓓麗琳仙女…你找青鳥要做什麼啊？
擁有青鳥就能擁有幸福啊～
我的女兒生病了，一定要找到幸福的青鳥，她才會好起來……
嘩～會帶來幸福的鳥耶！哥哥～
青鳥……

你們的家人呢？除了爸爸、媽媽還有誰？
有爺爺和奶奶，還有三個兄弟、四個姊妹，不過都死了……
嗚嗚嗚～我好想念他們啊～
那你們想再見到他們嗎？
可以嗎？
可以嗎？
現在可以見到嗎？
哈哈～我又沒把他們放在口袋裡。
不過，只要到記憶國，就能看到他們了。記憶國就在去找青鳥的路上……

怎麼樣？去記憶國幫我找青鳥，好嗎？
我們要怎麼去呢？
你們不會害怕嗎？
我不怕！我要去看他們，我可以幫你去找青鳥！
我會害怕~~
好極了，孩子，你叫什麼名字？幾歲啊？
我叫泰爾，十歲。
我妹妹叫米迪兒，她六歲。
嗯嗯~~很好。

泰爾，我現在要給你一頂帽子，
這可是有魔法寶石的帽子喔！
魔法寶石？
是的。只要把寶石向右轉，就看見過去，向左轉就能看見未來。
哇～好神奇喔！
可是，爸爸會把它拿走的。
不用擔心。你只要戴上它，誰都看不見它的。

真的嗎？
好好玩喔！
哇！真的看不見耶！
老婆婆也變成公主了~~
別再叫我老婆婆了！我是仙女！仙女！
還不只這樣呢，讓我來介紹新朋友吧！

砰！
哈哈哈哈！我是火，我無所不能！我可以把所有的東西都變灰燼！
這是火先生。他是個好人，
只是脾氣不太好。
嗯。
我是水姑娘。
水姑娘，
嗚嗚嗚……
你為什麼哭呢？
不為什麼，我只是哀愁呀～～嗚嗚嗚……

愛哭鬼～我們都要被你的眼淚弄濕了。
你說什麼!?
這邊的是牛奶女孩。
好啦，好啦！
不要吵架。
哼！
這是哪裡？
我好害怕啊～
不怕，不怕喔～你好，我是泰爾。
哥哥，你看！
糖果跟麵包也動起來了！

哈囉！我是麵包。
你們好，我是糖人兒。
啊！真好玩！
如果我餓了，可以跟你要一片麵包吃嗎？
沒問題啦！你是我的朋友啊！
我也可以給你糖吃喔！
耶！太酷了！
這一切都太神奇了，仙女。
呵呵呵呵……

汪汪汪汪汪!!
這聲音……
是我的小狗帝格！
汪！汪！我的小主人，我的小上帝，
我可以跟你們說話了，這真是太美妙了～～汪！
我愛你們～我好愛你們，汪！
哈哈哈！帝格，你變成人後還是很吵呢！

哥哥，你看！我的貓咪蒂蘿德也變成人的樣子了。
喵～～
米迪兒，你今天看起來真是漂亮啊～～
喵～～
哼！噁心的馬屁精。
你是哪位啊？我不認識你呢～～

哈哈哈哈哈……
哎呀！天亮了！
爸爸看見這些會怎麼說啊？
這不是天亮了，泰爾，你仔細看著……
嘩～這是皇后吧？
是聖母瑪麗亞嗎？

孩子們，這是光仙子。
是光啊！
是光仙子。
光仙子。
光仙子。
砰！
砰！
泰爾，米迪兒，你們在吵什麼？
是爸爸！

三更半夜不睡覺在吵什麼？
你們給我開門！
泰爾！米迪兒！
砰！砰！砰！
爸爸被吵醒了。
糟了，要怎麼跟他解釋？
怎麼辦～怎麼辦～嗚嗚嗚……
不要怕，泰爾，快點轉動帽子上的魔法寶石！
哇！

我……我不知道怎麼轉……
砰！
砰！
慢點兒，如果轉太快，他們會來不及恢復原狀的。
喵～～麻煩了～～麻煩了～～
汪～～汪～～
怎麼辦？怎麼辦呀～～
吼～～你快點啦！
嗚嗚……
你們別再吵了！越吵我越緊張了。
不行了，我們先離開這裡去我家吧！
閃！

快走！快走！

嘩～
好漂亮喔！
跟我走吧！
可是……爸爸找不到我們會傷心的……
好孩子，只要一年！一年到了我就會送你們回家。
你答應要幫我找青鳥的，不是嗎？
嗯！

很好~~很好~~
來吧，我得幫你們打扮、打扮。
你們其他人在這裡等著。
慢著！
仙女！
我們怎麼也一起來了呢？
我們應該變回原來的樣子，留在那個世界啊！

唉！我一時緊張才把你們也帶來了……
事情變成這樣……
會有危險嗎？
怎麼了？
怎麼了？
會發生不好的事嗎？
怎麼了？
這……
好吧，我跟你們說實話。你們本來不該來的，
既然來了，就會有後遺症……
在孩子們結束旅行的時候，你們就會死掉。
喵～～天啊!!
什麼!?

不…我不要死掉……
嗚嗚嗚……我會死掉嗎？
這真是傷腦筋啊～～
……
不公平！
這不公平！
對呀！怎麼可以這樣玩弄我們的命運呢？
汪！沒關係，
只要跟我心愛的泰爾跟米迪兒在一起，我不怕！
你這笨狗！為了人類連命都不要了？
你罵誰笨啊？
好了！別吵了!!

硬拗！
你們本來只是動物跟東西，
現在可以像人一樣的說話，這是多出來的恩惠，所以不准再計較了。
嗚~~
好好在這裡等著！
砰！

喵～～你們聽我說……
什麼？
大家都聽到了，只要他們找到了青鳥，我們就會死掉。
是啊～～
我不想死……嗚嗚嗚……
不想死，又能怎樣呢？

所以啊，我們要想辦法拖延時間，阻止他們找到青鳥，
這樣我們就可以活久一點。
對！對！我不想變回麵包被人吃掉。
我也是。
不行！
那是不行的！
臭狗！你偏愛作怪！
你才是壞蛋！
你在打壞主意！
你胡說！我都是為了大家好。
喵～
汪！汪！
打起來了！打起來了！
喔！
耶耶！

吵什麼!?
來看看泰爾跟米迪兒的新衣服。
啊~泰爾，真好看啊！
米迪兒~你穿這樣好可愛喔~~
汪！虛偽！
哼！喵！
好了，你們可以出發去記憶國了，
青鳥可能就在你們的爺爺、奶奶家喔！

可是他們都死掉了啊～～我們怎麼看得見他們呢？
只要你們懷念他們，他們就會活著。
只要有人想著他們，他們就會像從前一樣幸福的活著。
不懂……
但是……我想看到爺爺和奶奶，我要去！
來吧！從這扇光門過去，你們就會到爺爺和奶奶那裡。

我要跟！我要跟！我要跟著我的小主人，
我愛他們！汪！汪！
不行！回來，帝格！
嗚～～汪～～

第二章 記憶國與夜之宮

啾！
啾！
哞—
米迪兒，你看！這片花園…還有那頭母牛……
還有他們養的黑鳥！

啊！那棟木屋！
爺爺——
奶奶——

奇怪⋯我怎麼覺得孩子們就在附近？
嗯，我能感覺到他們在想念我們。
是啊⋯我總覺得心跳個不停⋯⋯
爺爺！奶奶！
這聲音？
爺爺！
奶奶！

這是作夢嗎？
我們心愛的孫子來到我們懷裡了。
泰爾…米迪兒…
讓奶奶看看…你們長這麼大了~~
好孩子，看到你們真是開心啊~~你們怎麼不常常來看我們呢？
沒辦法啊，爺爺。
今天還是仙女的幫忙我們才可以來的……
傻孩子，
我們一直在這裡啊~~
當你們想到我們的時候，
我們就會醒過來，看見你們。

那……你們真的沒有死囉……
死？
哈哈哈哈哈哈……
你不說，我還真的忘記這件事了呢！
只要你們懷念他們，他們就會活著。
只要有人想著他們，他們就會像從前一樣幸福的活著。

泰爾，你說，什麼是「死」呢？
就是不能再活著啊！
傻孩子，我們只是活在另一個新的生活裡而已。
喔……？
對了！要找青鳥！
爺爺，你們這裡有青鳥嗎？
你是指我們的鳥兒嗎？牠就在那裡呢！
可是，牠……是黑色的……

青…青鳥！牠是青色的？
怎麼會這樣？牠不是隻黑鳥嗎？
現在牠卻是青色的！
我們找到青鳥了！泰爾！
嗯！
爺爺！奶奶！可以把這鳥送給我嗎？
嗯，好啊！

嘩！太好了！太好了！我們找到仙女要的青鳥了！
爺爺！奶奶！謝謝你們！
哈哈哈……
噹！
噹！
你們怎麼了？
怎麼會這樣？這鐘從來不報時的……
是怎麼回事？剛剛鐘響了嗎？
不報時？為什麼？

時間…在這裡時間是不流轉的……我們從來不去想著時間……
是啊～除非有人想到時間，時間才會開始轉動，時間鐘才會響，是誰想起了時間啊？
啊！是我！
我剛剛想到了時間。
因為我們答應了光仙子，九點以前要把青鳥帶回去給她。
已經八點了……
那我們該走了……
喔…我的小孫子…我的寶貝……
我真捨不得你們離開。
爺爺！奶奶！
等一等，
你們先吃完東西再走吧！

奶奶，我要喝湯，
還要吃派！
泰爾！
你這個小淘氣！安靜點！
哇啊！
砰！
喀！
你這孩子真是不聽話！

爺爺…都一樣呢……
連你打我的感覺也一樣呢……
……泰爾……?
爺爺，
我寧願不乖的時候常常這樣被你打，我也想天天看到你。
泰爾……

好懷念喔！就連爺爺打我的感覺也好懷念喔！
我好懷念你大吼罵我的聲音～～爺爺～～嗚嗚～～
泰爾……我的小淘氣，我的乖孫子……
噹噹噹噹噹噹！
啊！時間到了，我們得走了！
沒錯，天色變暗了，時間很緊迫，你們得快點走！
再見！泰爾，再見！米迪兒。
要常常想起我們啊～～
嗚嗚……爺爺……奶奶……

啊…看不到爺爺他們的小屋了，
森林裡黑漆漆的，什麼都看不見了。
別怕！米迪兒，往光的方向走，一定可以回到仙女那裡的。
你看！那是光仙子的宮殿！
太好了，我們看到了爺爺和奶奶，也幫仙女找到了幸福的青鳥！

啊！泰爾！你看！
怎麼這樣!?剛剛明明是像玻璃一樣透明、青翠的青鳥啊！
怎麼現在又變成黑色了？
這……

泰爾，米迪兒，歡迎你們回來。
嗚嗚……我們失敗了，我們沒有找到青鳥……
牠本來是青色的，真的喲～
光仙子……
光仙子……我失敗了……
不要難過，泰爾。
你們已經見到想念的爺爺和奶奶了，不是嗎？
嗯。我真的好高興喔！
可是，我答應仙女要幫她女兒尋找的青鳥，還沒找到……
沒關係，還有其他的機會呀！

你們要記得，當你們尋找幸福的青鳥時，
也要學會去愛這隻偶而找到的黑鳥，好嗎？
嗯，我會愛護牠的。
米迪兒，你說對不對？

你們都累了，先好好睡一覺吧！
明天我會讓你們的朋友跟你們一起去尋找青鳥。
睡吧～睡吧～～
勇敢的孩子～～
善良的孩子～～

泰爾！
泰爾！起床了。
嗯⋯
早安，光仙子⋯⋯
很抱歉這麼早就叫你起床，因為今天你們將要到夜之宮去，看看那裡能不能找到青鳥。
喔！要出發了嗎？
要記住，夜之宮裡有很多門，
要找到青鳥，你一定要檢查過所有的門。
好！

這次你們的朋友可以跟著一起去。
真的？好棒喔！
我要去！
我要去！
我來幫忙拿鳥籠吧！
謝謝你！麵包哥哥。
那麼，我們出發了。
咦？蒂蘿德到哪兒去了？我剛剛還看到牠的呀？
哼！
不用理那個陰險又奸詐的傢伙。
帝格！你就不能跟貓咪好好相處嗎？
嗚……

你們看！夜之宮就在前面了！
嘩！我看到了，真的好漂亮喔！
嘩～哈哈!!
哼！這些靠不住的笨蛋！
我可不會乖乖的等人類找到青鳥後就死掉，我一定要破壞他們的任務。
我們貓族一向最喜歡夜晚了～我先去跟她告狀吧！嘿嘿～
夜之宮的女神是我的好朋友～

夜之女神啊！不得了了！喵嗚～～～
咦？

誰？
是誰打擾了我的寧靜!?
女神，是我呀～你可愛的小貓咪呀～～大事不好啦～～
是你？發生什麼事了？
光仙子派了人類的小孩子要來你的夜之宮啊～～
光仙子？
我最討厭的光仙子!?

呀呼~~有人在嗎？
他們來了~~女神~~
他們來找青鳥的，我們可以嚇唬他們，讓他們不敢打開你後面的那些門。
好主意，就這麼辦……
你好！
請問你是夜之女神嗎？
你們是來找青鳥的，對吧？貓兒已經都告訴我了。
是的。
我告訴你吧！青鳥就在我身後這些門裡面，但是我不會告訴你是在哪一扇門裡？
而且，除了有青鳥的門~~其他的門裡有很多可怕的怪獸喔~~
這樣你也要去開嗎？

會有怪獸嗎？那我要回去了。
我看我們回家吧……
哥哥，我好害怕喔……
呵呵
好啊！你可以拿起那邊的鑰匙去開門！
不要怕，我們答應仙女要幫她找青鳥，
一定要做到啊！
讓我看看你是不是真的有那麼勇敢！

哎呀～～
我想起來了，這道門裡面關著的好像是個鬼～～
鬼！
汪汪！我不怕！小主人，我會在你身邊！
嗯。謝謝你，帝格。
我沒看過鬼呢……一定很恐怖吧……
但是，我一定要找到青鳥！
哪裡來的小鬼？竟敢到這裡來！

哇啊！
汪汪！
汪汪！
吼～～
汪！
我們最討厭這種咬人很痛又很吵的動物了……
嗚吼嗚～～
咻～
砰！
帝格真勇敢！
嘿！嘿！一點也不可怕。它們咬起來像棉花一樣軟綿綿的～～
哼！

第二道門後面是什麼呢？
吼哇！
吼哇！
哇！這是什麼？
砰！

哈啾！哈啾！
我流鼻水了！我要溶化了！
我會死掉！啊啊~~
糖人！
這些是疾病，你感染的不過是最輕微的感冒~~
天啊！我不能流鼻水！
哈哈哈！
看吧，你的朋友都逃走了，你還是回去吧！

卡達！
我一定要看完！
別開！
這裡面關著的叫戰爭，它們可麻煩了！

開戰囉！
準備攻擊——
衝啊！
你這個笨蛋人類！真是把我也連累了！
喵！
痛痛痛！哥哥，救命呀！
走開！走開！回去門裡面！

砰！
敵人太強！
撤退！
撤退！
好啦！你看夠了沒有？
你看，你把我的宮殿搞得亂七八糟！
對不起，只剩下最後一扇門了。

不准開!!
那扇門裡關著最恐怖的東西，就算你只開了小小的縫隙，他也會把死亡跟恐懼帶到這個世上！
這……這真的是最最最可怕的東西了！
別開！別開！泰爾。
不要開了！我們回家吧～
哇哇～～～～
我一定要開！這是光仙子交代的！
哇！

啾！
啾！
啾！
啾！
啊！你看！
是青鳥！
有好多青鳥喔！
啊哈！太好了！
哼！還是讓他找到了……
喵哼～～

夜之女神，謝謝你，我們該回家了。
快走！快走！永遠別再來了！
光仙子！光仙子！
我們找到青鳥了！
你看！你看！這麼多呢！
啊!!

青鳥……
……
嗚哇哇哇～～～～
我這麼努力…我這麼努力…嗚嗚嗚……
別哭，別哭～～
別哭，泰爾。你找到的是不能生活在陽光下的青鳥。
不能活在陽光下？
是的。
我那麼努力是為什麼……

沒關係的，泰爾。就算這次找到的不是你要的青鳥，最重要的是，你努力過了呀！
有努力過……就算失敗也沒關係？
嗯。
我不懂……
沒關係，因為你還小。先好好休息吧，明天還有新的冒險等著你呢！
好，我會繼續努力找青鳥的！

我會一直在你身邊的，我的小上帝！
噁心！
要你管！所有的狗都把人類當上帝呀！
天啊～～怎麼會有這麼白癡的動物！
你說什麼？
我說你是白癡！
你是奸詐鬼！
你才是笨蛋！
哈哈哈哈……

第三章 未來國與墓地驚魂

光仙子，
今天我們要去哪裡找青鳥呢？
今天就由我陪你們去找吧！
真的嗎？你要陪我們一起去嗎？
嗯。
我也要去！我也要去！

不行，今天要去未來國，那裡只有我可以陪他們去。
嗚……
我們現在就出發嗎？
我早就準備好了！
嗯
好漂亮喔！
我第一次坐馬車耶！

來吧！
嗯！
嘩〰〰好棒喔！
旁邊都是雲耶！
你看，那就是未來國。

聽好，泰爾，未來國的主人是時間老人，
他沒有惡意，但你們決不能被他看見，因為他是非常嚴肅而且有可怕威力的人。
喔！好的！
哥哥，你看！有好多青色的小孩子喔！
快來看！有出生後的小孩耶！

為什麼他們叫我們「出生後」的小孩？
因為他們都還沒有出生呀！當爸爸和媽媽想要小孩時，宮殿後面的門就會開啟，小孩就來到人間了。
我可以跟他們說話嗎？
嗯，你們去跟他們說話吧，我去找青鳥。
要小心時間老人喔~~
好！
…………

請問…出生後好玩嗎？
好玩啊！
有很多有趣的事情喔！
嗯！
真的啊～～
太好了！我就快要出生了耶～～
你要出生了？什麼時候啊？
再五十三年四個月零九天我就出生了。
那還要等多久啊～～
不知道，我想很快吧。

你手上拿的是什麼？
這個是我要帶到人間去的東西。
那是西瓜嗎？
沒搞錯吧？
蘋果哪有那麼大的？
不是！這是我的蘋果啦～～
等我出生以後，我就會發明讓蘋果長這麼大的方法啦～～

我的才厲害咩！我要發明能在天上飛的車子！
我要讓人間充滿和平，沒有戰爭……
我要發明在星球之間旅行的交通工具。
大家都好厲害呀！
嗯。
嘩！
啊！九大行星之王來了。
九大行星之王！
是九大行星之王耶！
九大行星之王？

我是九大行星之王！
噗咚！
嗯……
哼！我將來可是要做大事的！
你看起來不是很大嘛～

你要做什麼發明呢？
跟你們說吧，我出生到人間以後，要建立一個太陽系的行星大聯盟！
太陽系？那是什麼？
哎呀~~你還太小了，不懂這個！上學以後去問老師吧！
可是…你看起來比較小……
哇！
哇！

怎麼了？
是時間老人回來了。
哇！怎麼辦？
光仙子說不能讓他看到我們的。
你們快來！快躲進我的斗蓬裡面！
來！泰爾，把青鳥抓好。
啊！光仙子找到青鳥了！
好漂亮的青鳥啊！
噓…安靜！躲在斗蓬裡面他就看不到你們了。

砰！
今天～～是輪到誰要去出生啊？
我！
我！
我！
不要吵！一次只有一個！
是我…

嗚嗚……我不想出生……我寧願留在這裡……
是你呀～
唉～～你這麼瘦小……
活不久的……
他不想去就讓我去好啦！
我！
我！
安靜！這可不是誰可以代替誰的！
走吧！

他走了。米迪兒，你看，這青鳥多美麗！這可是光仙子親手交給我的耶！
噓……
人間的人竟敢到這裡來！
誰？
不可饒恕！
被發現了！快走！快走！
哇！

泰爾！
關門！
安全了！
門關上他就不會再追來了。
啊！青鳥……

……
對不起，都怪我太得意了，
才會被發現……
沒關係，
你已經學到教訓了，泰爾。
走吧！先回光之宮吧！

泰爾！
怎麼不玩呢？從未來國回來後，你悶悶不樂好幾天了。
已經好幾天了，一直在這邊玩耍，我很想趕快找到青鳥啊！

你別急嘛～～
及時行樂才重要呀～喵～～
可是……
那麼快找到青鳥幹嘛？你是想要我們快點死掉喔？哼！
反正，你著急也不是辦法。看，這片森林多美麗呀！
一起來玩嘛～～～喵！
你們玩吧，我沒心情。

泰爾！
光仙子！
剛剛我收到訊息說，
青鳥可能就躲在墓地裡，墓地有個死魔把青鳥藏起來了。
死魔？？？

那要怎麼去呢？
很簡單，你只要在半夜轉動魔法寶石，死魔就會從地下跑出來了。
哇！太可怕了！好恐怖啊！
別理牠們，牠們很怕死魔的。
嗯……
我…我可以跟你去…汪汪汪……
你在發抖……

安靜，
仙女有吩咐，
孩子們必須單獨去。
咦!?
不要怕，死魔沒那麼恐怖的。
那你不跟我們去嗎？
不行的，光是不能見到死魔的，你們必須自己去。
可是……

相信我，只要你們心中有光明，我就會在你們身邊……
光仙子！
光仙子！

呼
呼
哥哥…我怕……
我…我什麼都不怕……

死魔都很可怕嗎？
不…不用怕……它們又不是活的……
現在好像已經半夜了……你要轉動魔法寶石嗎？
嗯……
不！不要轉！
我怕…我怕死魔！
光仙子說過的，青鳥就在它們那裡！
別…別轉！

轟隆隆隆隆！
嘎嘎嘎嘎嘎……
出…出來了……哇哇！
……

嘎嘎嘎……轟隆隆隆！
啾啾啾……
啊！

米迪兒！
米迪兒！
你看！
我不要看！我害怕死魔！我不要看！
沒有死魔啦！你看！
？
啊!!

啾！
啾！
我不信！這是真的嗎!?
哥哥，你看！
好漂亮喔！
本來是醜醜的毛毛蟲耶！

哥哥，你看！玫瑰花也是！
所有的東西死掉後又活過來了！
我知道了！死掉的會再生出新的生命！
所以這世界上其實沒有死魔！
嗯！

是的，
所有的生命會一直循環，所以世界上沒有死！
光仙子，你來了！
我說過，
只要你心中有光明，我就會出現。

喔…當我覺得不會害怕的時候，心裡就光明起來了。
沒錯。
可是這邊這麼多鳥，卻沒看到青鳥……
沒關係，這次的墓地探險也很有趣，不是嗎？
嗯
呼
米迪兒也累了，我們回去吧！
好。

啾啾……
世界上沒有死！
世界上沒有死！

第四章 危機四伏——森林決戰

蒂蘿德，你確定在這森林附近？
是啊！你要知道，我們貓族最熟悉黑夜了～～
我這幾天都有看到青鳥在這邊出沒喔～～

太好了，希望這次可以抓到青鳥。
嗯。
不過……
瞞著光仙子偷跑出來，還是有點不安……
哎呀~~
光仙子每次都閃閃發亮的走來走去，
青鳥早都被嚇跑啦~~
閃亮！
閃亮！
我們應該趁牠們睡著的時候去找才對呀！再說，你想想，找到青鳥，光仙子會有多高興~~
嗯！

為了蓓麗琳仙女生病的女兒，我希望早點找到青鳥！
是呀～～
是呀～～喵～～～
嘿嘿嘿～～怎麼可以讓你們找到青鳥呢？那我不是要死掉了嗎？騙你們來森林是有計畫的～～喵呼呼～～
我真是天才喵啊～～～
喵哈哈哈～～

哼！可不能讓臭狗破壞我的計劃……
這裡好安靜……安靜得有點可怕……
汪…別怕，我會保護你們的！
怯！

到啦～～就在這裡。
轉動魔法寶石吧！
好。
沙沙！
沙沙沙

這……這……
哥哥……
呵啊——

嗯～～你們看～～這裡有小人兒～～
是耶～～
是小隻的人兒～～
他們怎麼會在這裡？
吱吱喳喳……
吱吱喳喳……
吱吱喳喳……
吱吱喳喳……
吱吱喳喳……
吱吱喳喳……
哥哥……我怕……
青鳥在哪裡呢？
啊！

你看！在那棵最大、最高的樹上！那不就是青鳥嗎？
嗯！謝謝你，蒂蘿德。
我就說青鳥是在這裡的啊~~~
你好！
嗯？
你好！請問，可以把青鳥給我們嗎？
青鳥？你說我肩膀上這個小東西？
是的。

哼！我為什麼要給你啊？
這……這……蓓麗琳仙女的女兒生病了……
她……需要青鳥給她幸福……
米迪兒？
這名字有點熟……
那干我什麼事呢？
你這個討厭的人類的小孩！
哥哥……好可怕喔～
別怕，米迪兒。

小鬼！你叫什麼名字？
我……我叫泰爾……
哈！泰爾跟米迪兒？
不就是那個老樵夫的孩子嗎？
我聽過老樵夫這樣叫他們的小孩！
小鬼，你爸爸是老樵夫狄爾嗎？
是的，先生。您認識他嗎？
熟～～得～～
不能再熟了～～

這個老樵夫！他殺了我六百個兒子、三百八十個媳婦、一萬兩千個曾孫子，還有四千七百五十個叔叔、嬸嬸……，
你知道有多少棵樹死在他的手裡嗎？
沒……沒那麼多吧……

我的姊姊也是被他砍死的。
還我爸爸的命來！
你爸爸殺了我妹妹！
對！還有我表哥！
我的女朋友也是死在你爸爸手裡……
哥……哥哥……
這……這……
你們兇什麼？汪！
我不准你們這樣對我的主人！
哇！這個長滿利牙的怪物是什麼？
牠要咬我啦～～
帝格！不可以沒禮貌！
我……
嘿～～

嘩！
哇！
哇！
汪！嗚～～
喵～～怎麼連我也…
各位！我們抓到了仇人的小孩，你們說該怎麼處置？
死刑！
死刑！
死刑！
死刑！
死刑！
死刑！
死刑！

哥哥……
蒂蘿德，怎麼會變成這樣子？
我也不知道啊！一定是春天太晚來，它們生氣了~~不然就是帝格惹火它們啦！
安靜！
死刑！死刑！死刑！死刑！死刑！死刑！死刑！死刑！死刑！死刑！死刑！死刑！
既然決定處死他們，那就來動手吧！
汪！汪！你敢!?

那…當然是由柏樹來執行啦～
我？我又老又病……
那麼白楊樹你來！
我？我…我力氣太小，打不死他們啦！
那…柳樹去做吧！
我今天頭痛了一整天……好不舒服喔～
那你去啦～
不不不……你去……
我不行啦～你來吧……
你們這些怕得罪人類的懦夫！居然連沒有武器的小孩也怕成這樣！

好！我自己動手好啦！
人呢？
我…我一緊張就鬆手了……
笨蛋!!
人類的小孩往哪裡跑？我一定要殺死你們，替同伴報仇！
哥哥！它追來了！
快跑！快跑！
主人，你們快走！我來對付它們！
汪！汪！我不怕你！
哇啊！痛痛痛！

可惡的臭狗！你這個人類的僕人！
帝格！
汪！
住手！不准傷害帝格！
哇！
汪嗚~
哇哇~
蒂蘿德，你在哪裡？快來幫忙呀！
喵~~
我受傷了~~
喵~~

我要殺死你們!!
哇！
是光仙子！
快點轉動魔法寶石！
快！
喔！

閃！
呼……
安全了……
喵～～～好痛喔～～
蒂蘿德！
汪！你少假裝！
帝格，不要這樣！

光仙子……對不起……我……
沒關係，
你知道你們是怎麼得救的嗎？
因為你來救我們呀……
是我轉動了魔法寶石？
嗯。
泰爾，
你要記住一件事……

不管發生什麼事，
人類最後能依靠的還是自己，只有自己才能保護自己，
明白嗎？
自己才能保護自己嗎？
嗯！
啊！

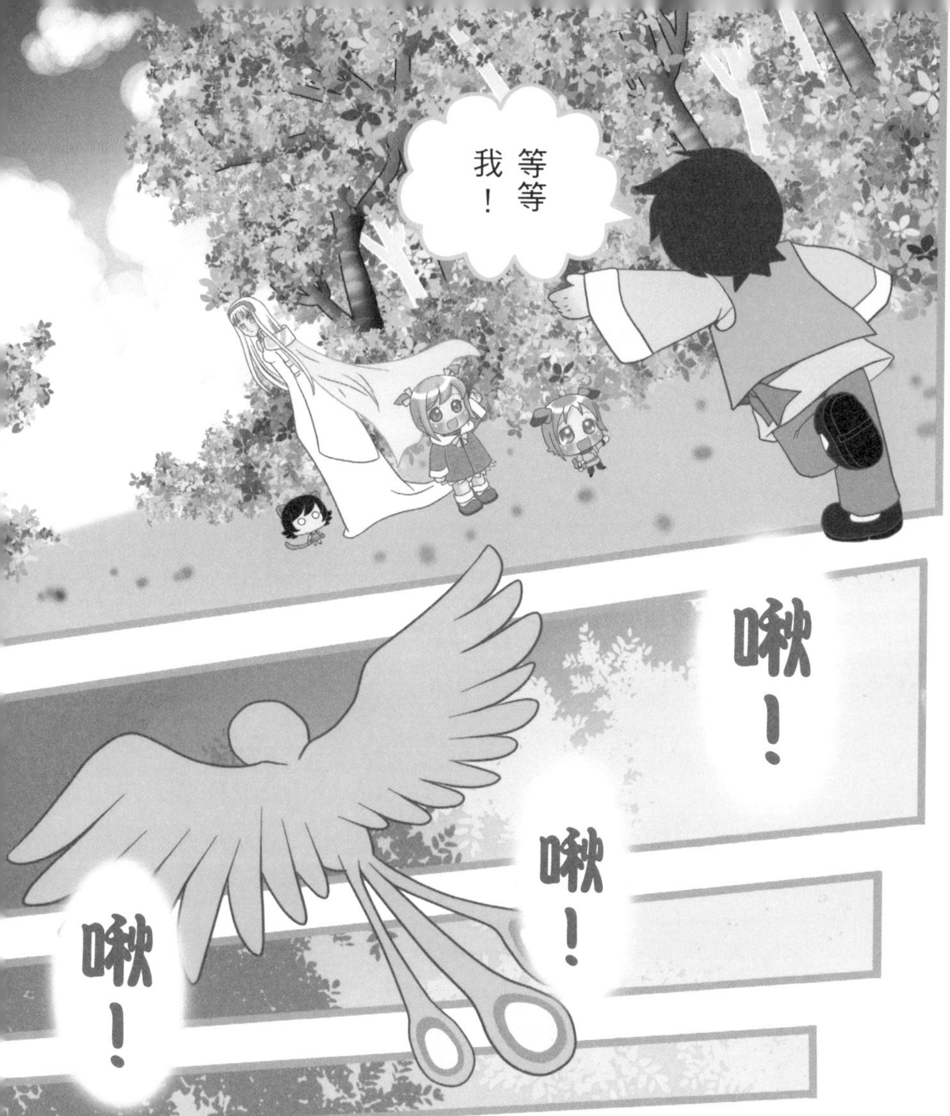

第五章 歸程

一年時間已過
……

哈哈哈～
哈哈！
各位，請到這邊來一下。
光仙子？怎麼了？要去找青鳥了嗎？
不是的，泰爾。
你看，這是什麼？
啊！

這是通往我們家的小門啊！
沒錯！
媽媽就在門的那邊嗎？
嗯，是的。
啊！我好想媽媽喔～～
我也是…
我想現在就回到媽媽身邊～～
等時間到了就可以了。
什麼時間呀？
我們大家離別的時間。

什麼!?
你是說……你要離開我們了？
是的，和仙女約定的一年已經到了，我們必須離別了。
不！不要！……我不要跟你分開！
嗚嗚嗚……我們也要消失了嗎……？
我不要消失！我不要消失！
各位安靜！這是命運注定的一刻，
誰也不能改變它！
嗚……

我的好朋友，我們就要分別了啊……
我要親你們！我要親你們！
啾啾啾！
哇啊！
燙燙燙！
笨火！你把他們燙傷了啦！
我幫你們把被火燙傷的地方治好。
水姑娘……謝謝你……
我不想消失……嗚嗚……但是我一靠近水姑娘…就一直溶化了~~~消失也是早晚的事……
糖人……
再見了！我的好朋友！
再見！麵包！
再見！祝福你們！
再見！牛奶姑娘！

汪！汪！
喵～～～
喵～～～
帝格！不要這樣！
喵～～～牠快把我咬死了！這個壞蛋！
帝格！你壞壞！
帝格，快跟泰爾還有米迪兒吻別吧！
吻別？

我……我們要分別了嗎？時間到了嗎？
我不要！我不要跟你們分開～～～汪～～～
帝格……
蒂蘿德，我不想跟你分開啊～～
米迪兒……
我也愛你們呀～我不要分別～我更不要死～～
嗚嗚嗚嗚……

嗚嗚嗚嗚……
你不要走！我去跟爸爸說，他一定會喜歡你的！你跟我們一起回家吧！
對呀！光仙子，我好喜歡你！
泰爾……米迪兒……
來吧……讓我跟你們吻別吧！
光仙子……
別哭了……就算我消失了……你們只要記得……
在陽光下，在燭光中……甚至你們心中有光明的時候……
我都與你們在一起……從來沒有離開……

再見了……泰爾……米迪兒……
再見……
再見……
再見……
光仙子！
大家……大家再見……
嗚嗚嗚……哥哥，大家都消失了…

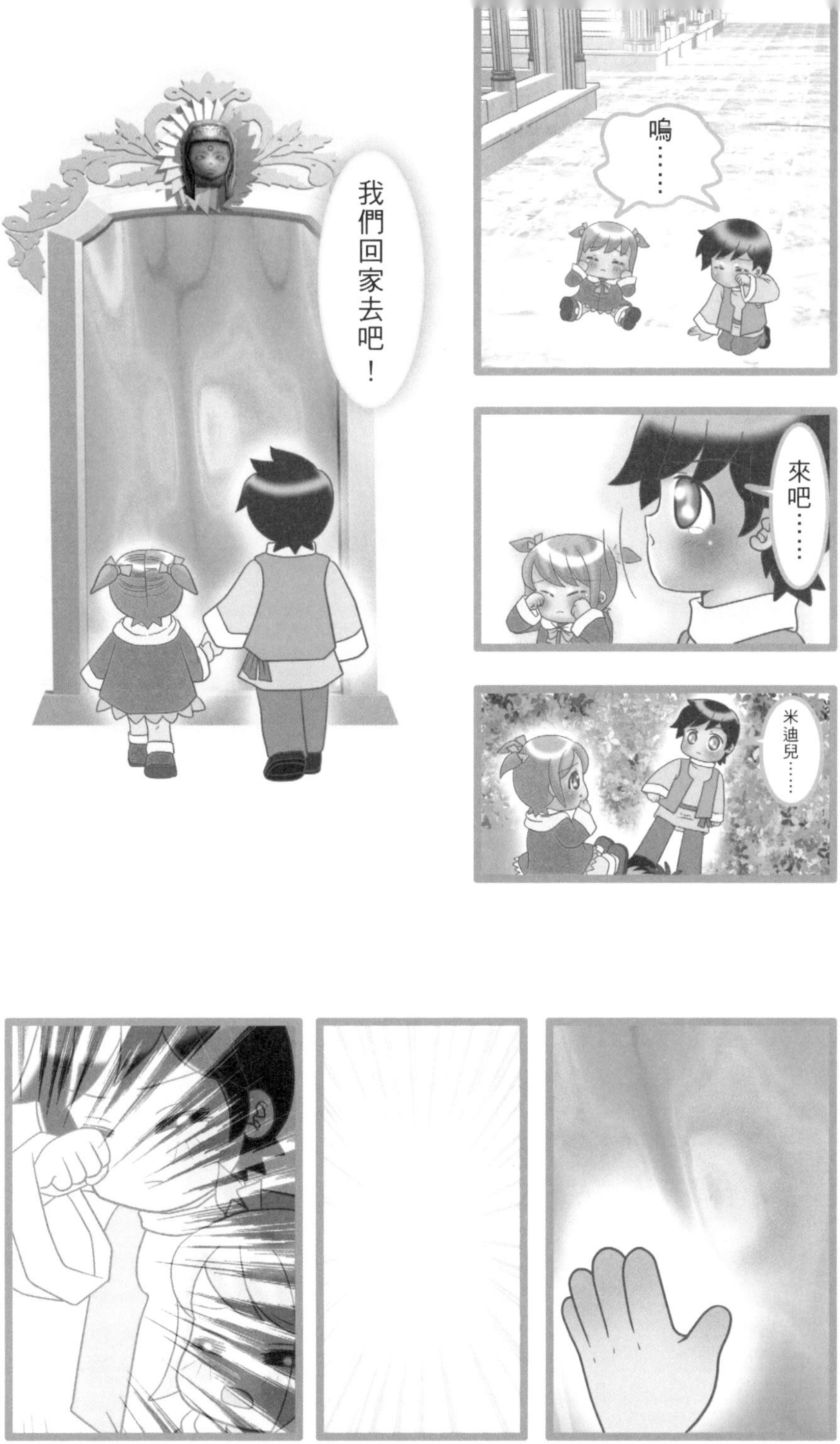
嗚……
來吧……
米迪兒……
我們回家去吧！

！
米迪兒？
哥哥？
小懶蟲！
你們起床了？
媽媽，我好想你喔！
你們兩個是怎麼了？睡迷糊了嗎？
媽媽！離開這麼久，我真的好想你喔！

小傻瓜，你們沒有離開過啊！昨天晚上是聖誕夜……你們聽，教堂的鐘聲在響著，今天是聖誕節啊！
是啊！我知道啊！已經過了一年了！
吵什麼？
爸爸！
孩子的爸，你的兩個小寶貝睡迷糊了，一直說他們跟我們分開了一年呢！
真是傻孩子！
真的啊～～～我們去了記憶國看了爺爺和奶奶～～還有～～到夜之宮，
那裡有好多門，裡面有很多怪物……，另外，未來國那裡，有很多沒有出生的小孩子呢～～

對了，爸爸，森林的樹木都很生氣呢！說你砍死了他們的親人和朋友！
胡說什麼？
哎呀呀～～～這麼快樂的節日你們幹嘛罵小孩呀？
聖誕節快樂啊～～～
喔！是隔壁的伯林格太太。
蓓麗琳仙女！
呵！你們的小朋友睡迷糊了，居然叫我仙女呢～～
真是傻孩子！

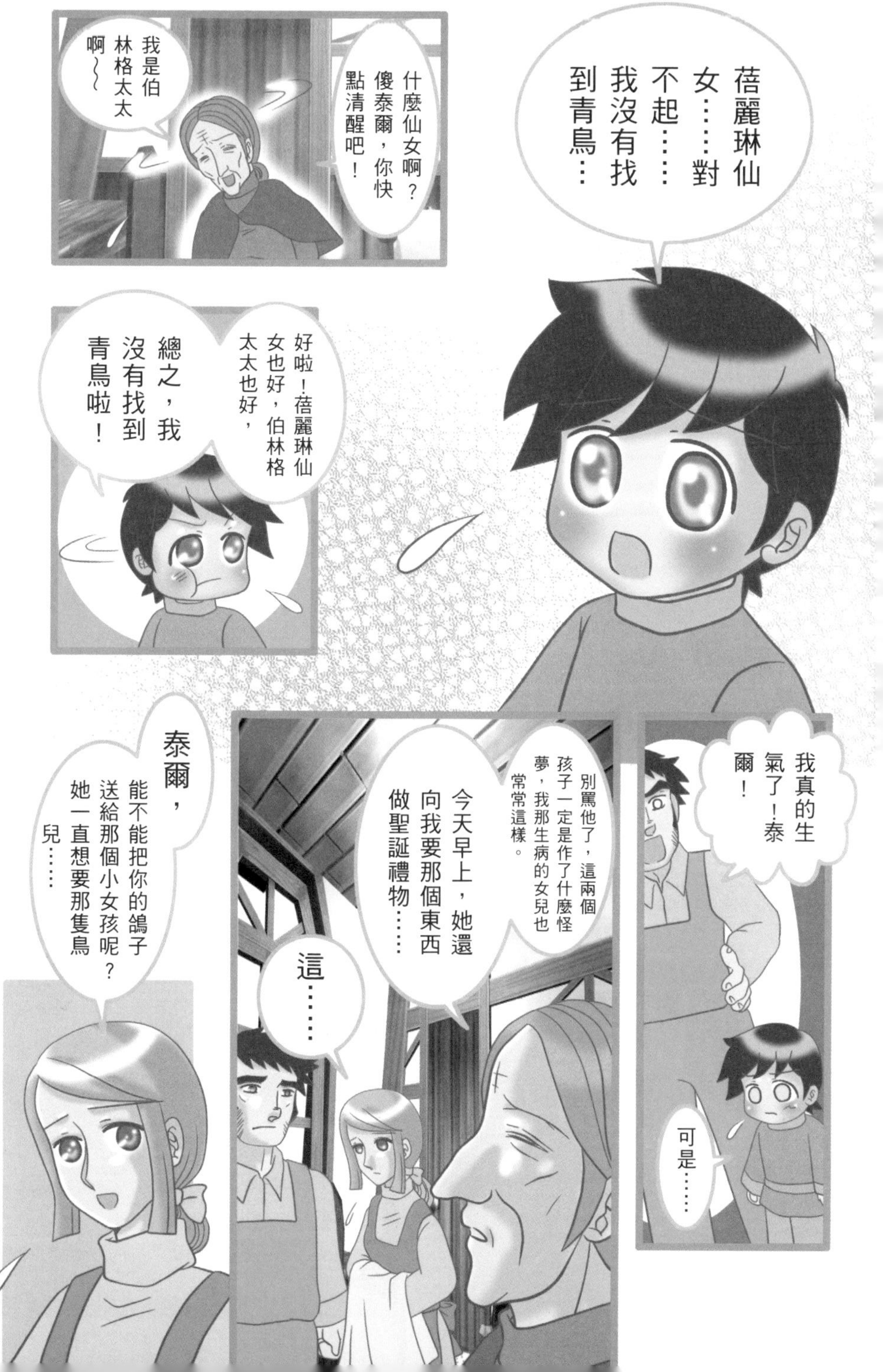
蓓麗琳仙女……對不起……我沒有找到青鳥……
什麼仙女啊？傻泰爾，你快點清醒吧！
我是伯林格太太啊～～
好啦！蓓麗琳仙女也好，伯林格太太也好，
總之，我沒有找到青鳥啦！
我真的生氣了！泰爾！
可是……
別罵他了，這兩個孩子一定是作了什麼怪夢，我那生病的女兒也常常這樣。
今天早上，她還向我要那個東西做聖誕禮物……
這……
泰爾，能不能把你的鴿子送給那個小女孩呢？她一直想要那隻鳥兒……

我的鳥兒！
對了，我的鳥兒！我差點忘了牠了！
我當然願意送給她！我要把鳥兒送給她！
泰爾？
米迪兒，把鳥籠給我……
啊！

米迪兒，你看！
啊！
我的鳥兒……牠什麼時候變成青色了？
啊！泰爾，原來你的鴿子就是青鳥呀！
太奇妙了！我們到處找都找不到……原來牠就在我們家裡！我的鳥兒就是青鳥耶～～～
嗯，好神奇喔！
蓓麗琳仙女…不…伯林格太太，給你！
你……你真的願意送給我嗎？
嗯！

感謝老天！她一定會很高興的……
我要趕快拿去給她。
嗯，你要快點喔！
對呀！因為牠會變色喔～～～
嗯！泰爾，謝謝你！謝謝你！
我真不敢相信……
你居然願意把心愛的鳥兒送人……
媽媽，那是幸福的青鳥耶！我答應要給仙女的！

原來青鳥就在我們家啊……真是好奇妙喔～～
嗯！
老公，怎麼辦？孩子是不是發瘋了？
這……
天啊！你們看！這真是奇蹟啊！
是伯林格太太的聲音。
你們看！我女兒…
她一見到泰爾的鴿子，就突然好起來了！

你們看！她能跑又能跳了！
真的！這真是太奇妙了！
是呀，你看她的氣色多好！
恭喜你伯林格太太。
這都是你們泰爾的功勞！
來～～孩子，快跟送你鳥兒的泰爾道謝。
謝謝你～～
啊……

米迪兒，你不覺得她很像光仙子嗎？
嗯，可是她個子比較小……
她會長高啊！等她長大以後，就跟光仙子一樣了。
對喔！
來，我們來餵鳥兒吃麵包吧~~
一起來~~一起！
嗯~~好~~
開心嗎？
開心~~
以後我們都一起玩吧！
太好了，伯林格太太。
是啊~~

奇怪？
泰爾一直說他的鳥是青色的，我怎麼看都是隻灰色的鴿子……
欸～～老狄爾，那是孩子美麗的心才能看到的顏色啊～～
哈！哈！
說的也是～～
啊！
啪沙！
鳥兒……

這……

沒關係！
沒關係！
嗚……我的鳥兒……
鳥兒飛走了……
別哭了，我們會找到牠的。
對呀！
真的？你真的可以再找到牠嗎？

相信我，
我已經知道哪裡可以找到青鳥了！

漫畫版世界名著

青鳥

原　著：莫里斯・梅特林克
漫　畫：秦儀
發行人：楊玉清
副總編輯：黃正勇
編　輯：趙蓓玲
美術設計：雅圖設計・張靜慧

出　版：文房(香港)出版公司
2019年3月初版一刷
定　價：HK$48
ISBN：978-988-8483-83-9

總代理：蘋果樹圖書公司
地　址：香港九龍油塘草園街4號
華順工業大廈5樓D室
電　話：(852) 3105 0250
傳　真：(852) 3105 0253
電　郵：appletree@wtt-mail.com

發　行：香港聯合書刊物流有限公司
地　址：香港新界大埔汀麗路36號
中華商務印刷大廈3樓
電　話：(852) 2150 2100
傳　真：(852) 2407 3062
電　郵：info@suplogistics.com.hk